THIS COLORING BOOK BELONGS TO:

# COLOR YOUR LIFE

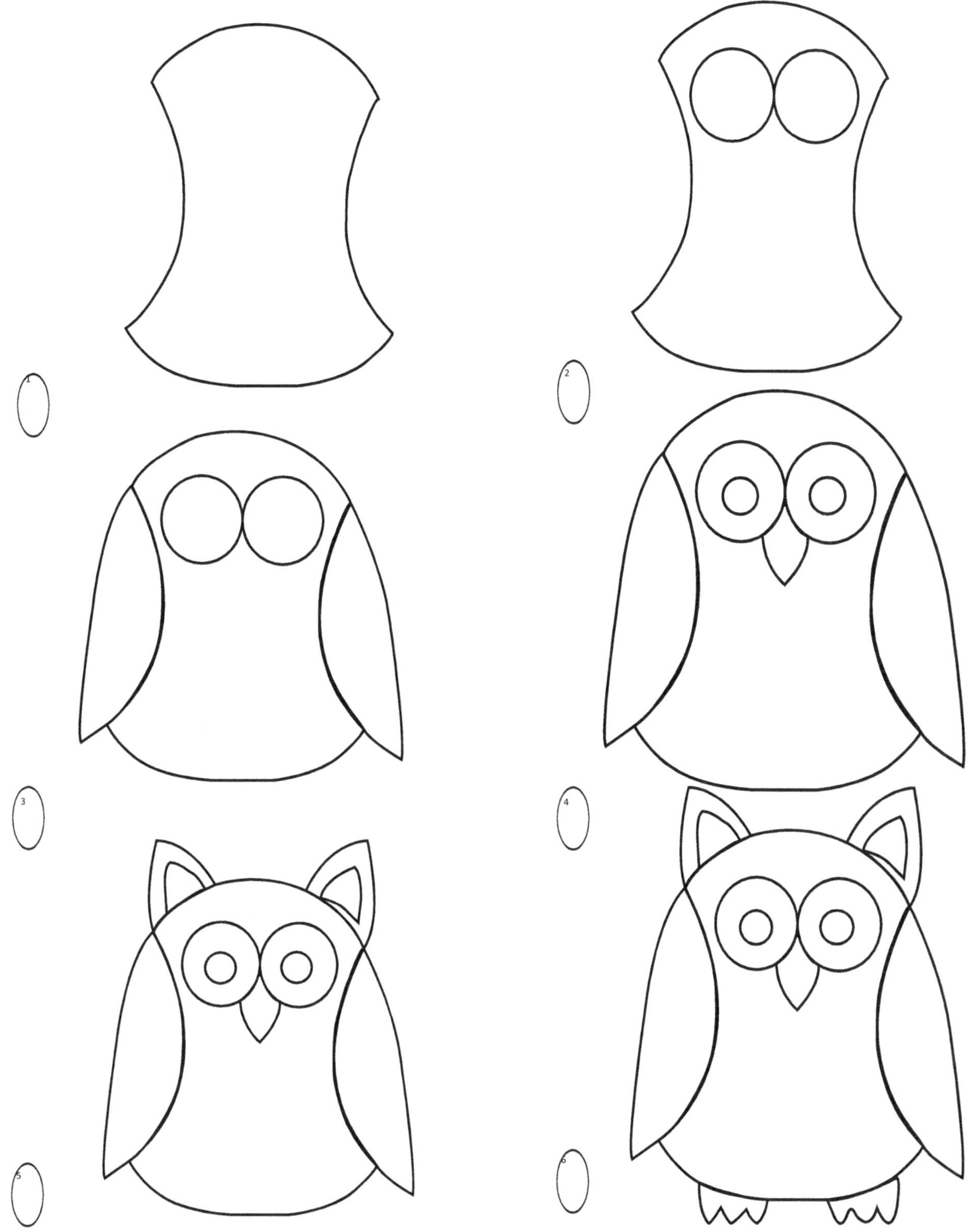


1
2
3
4
5
6
3

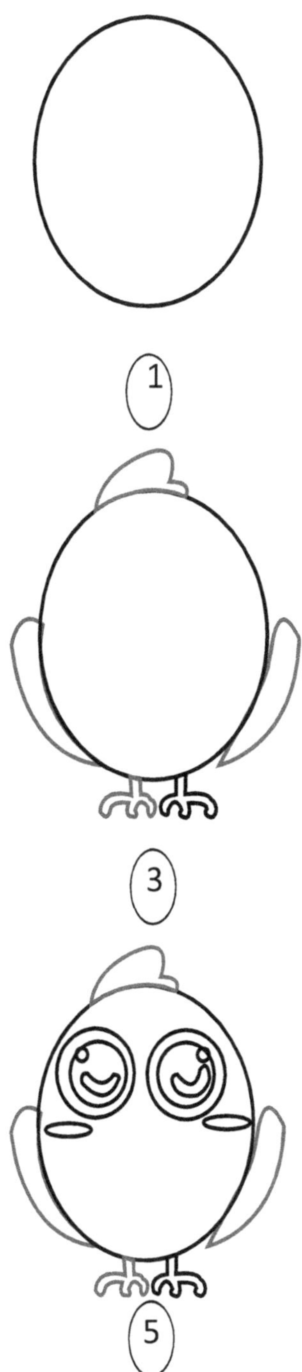

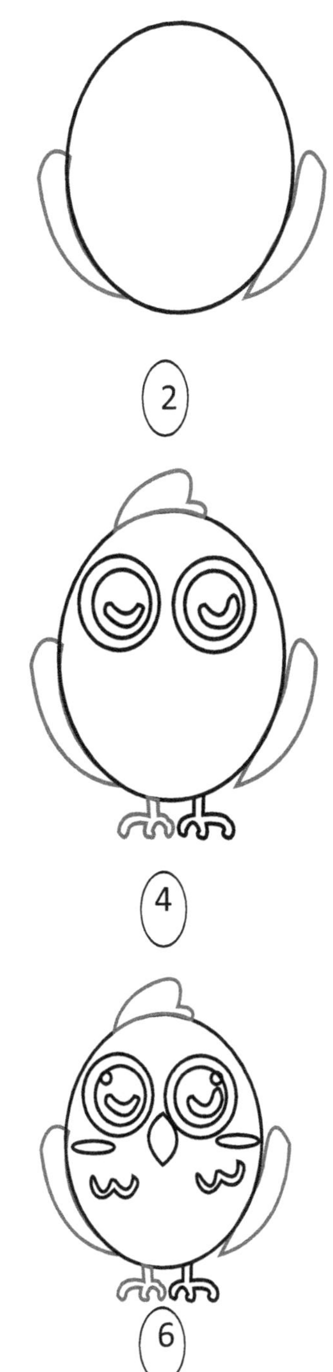

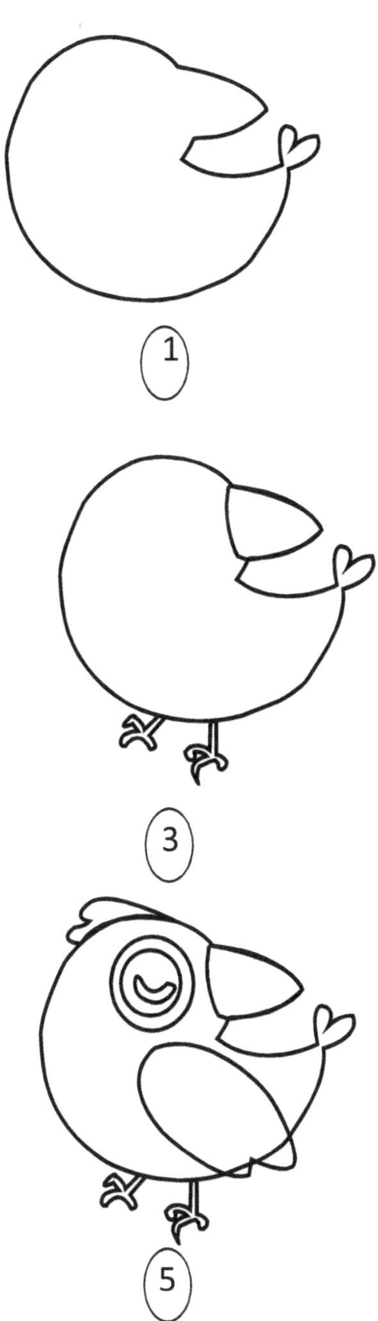

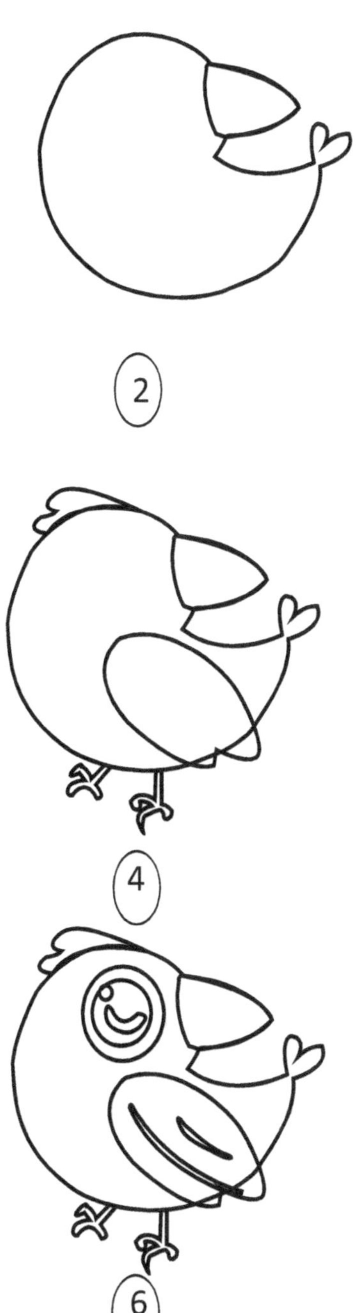

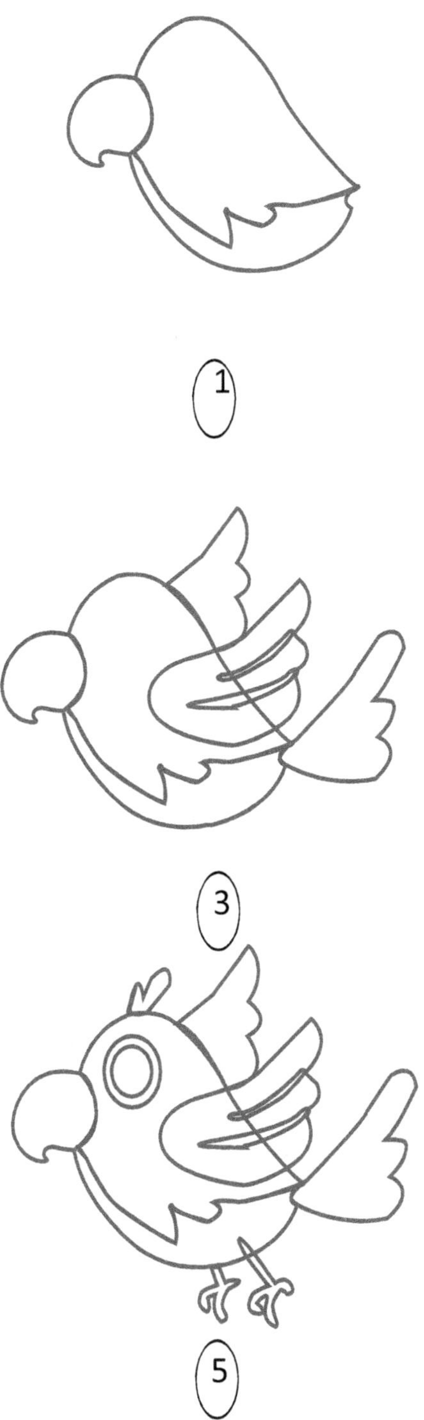

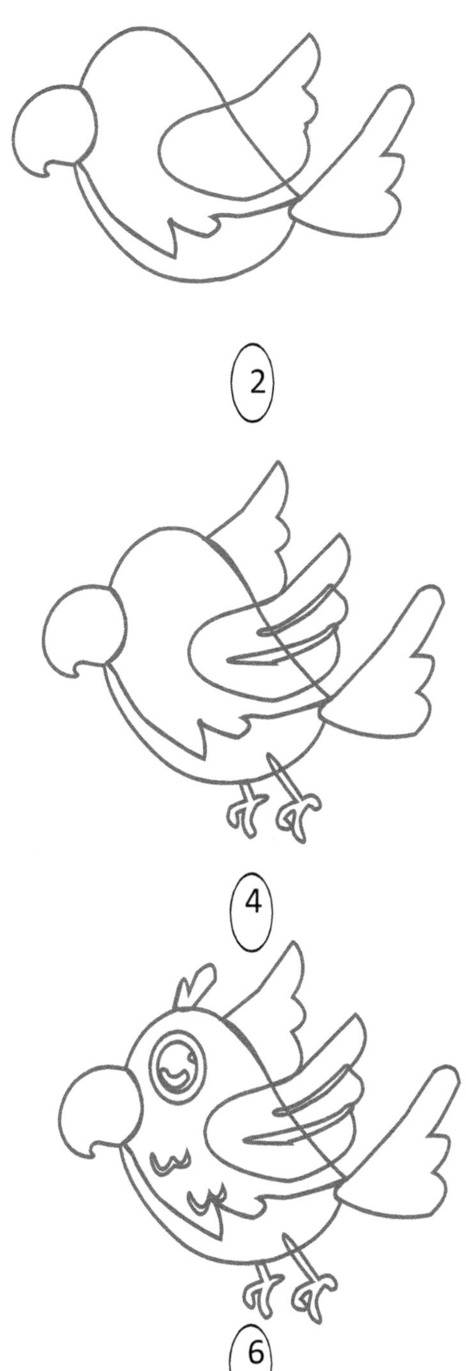

1

2

3

4

5

6

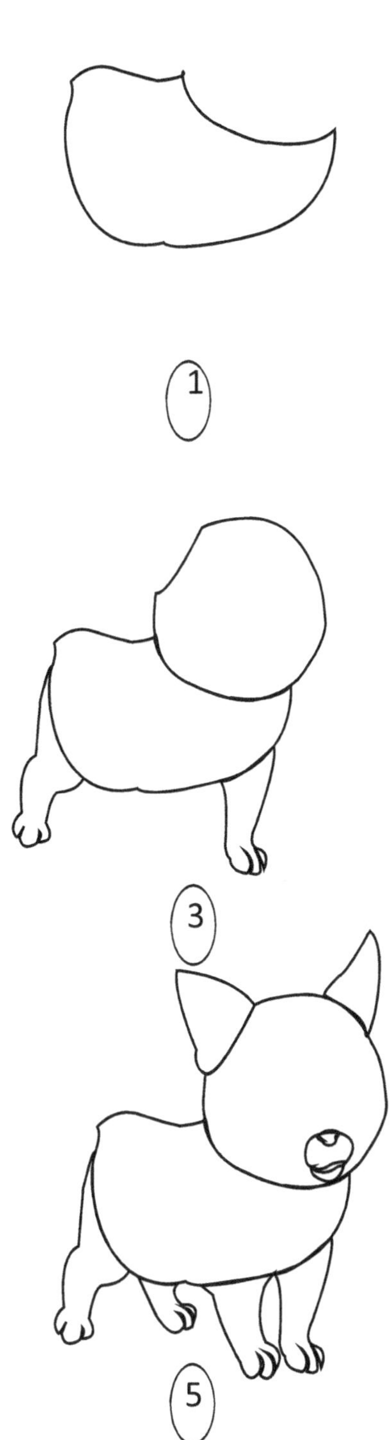

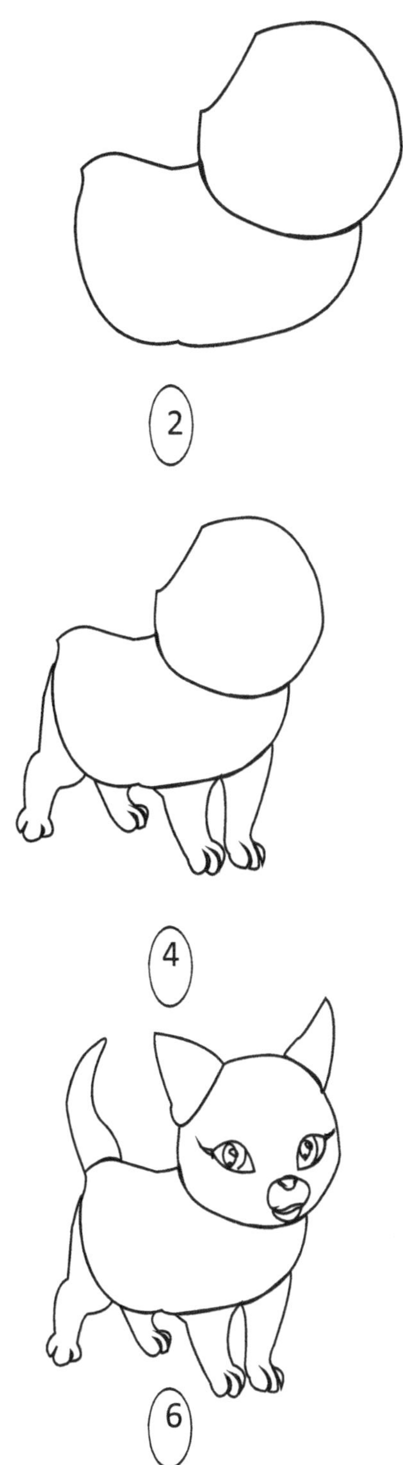

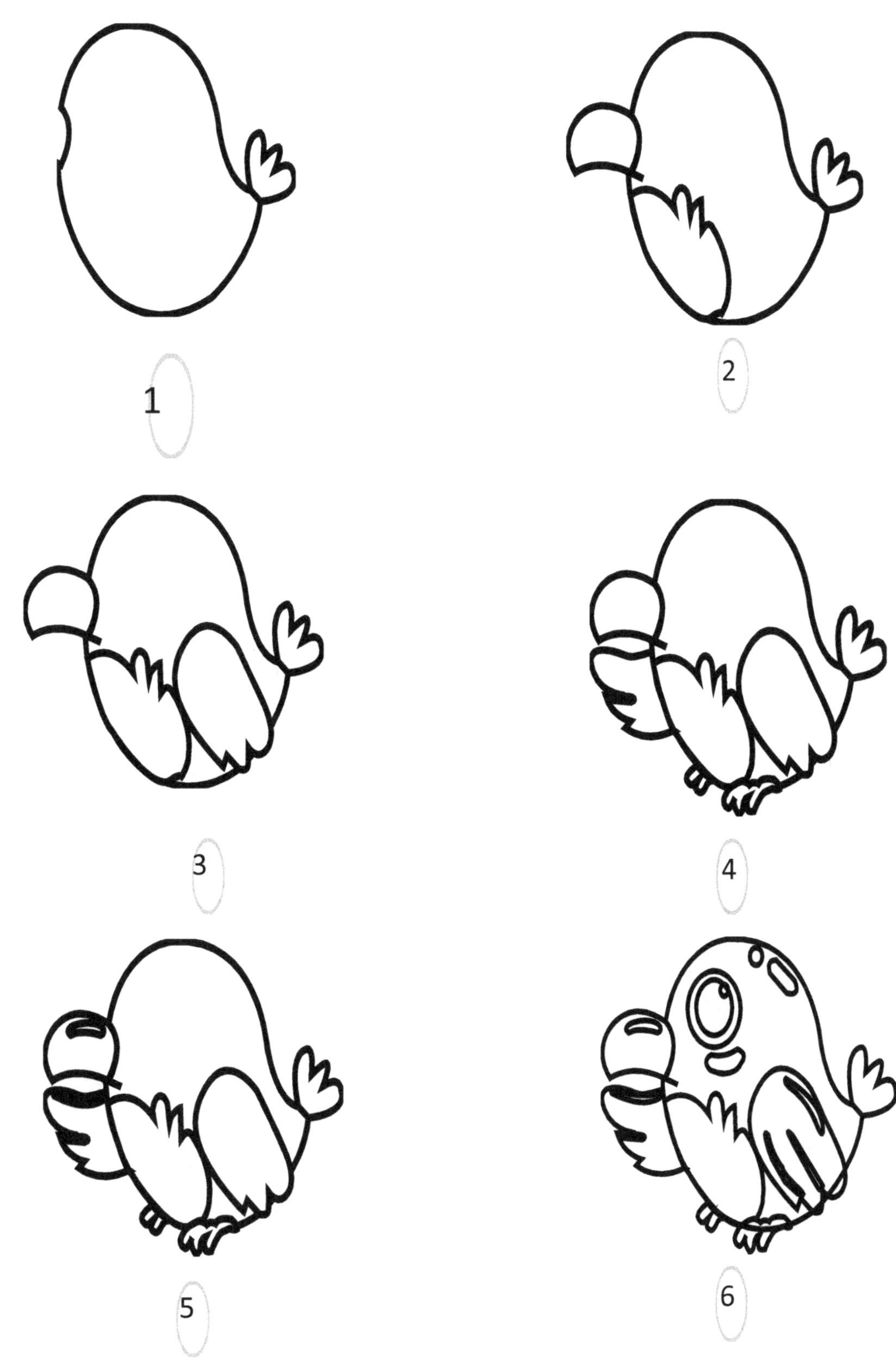


1
2
3
4
5
6

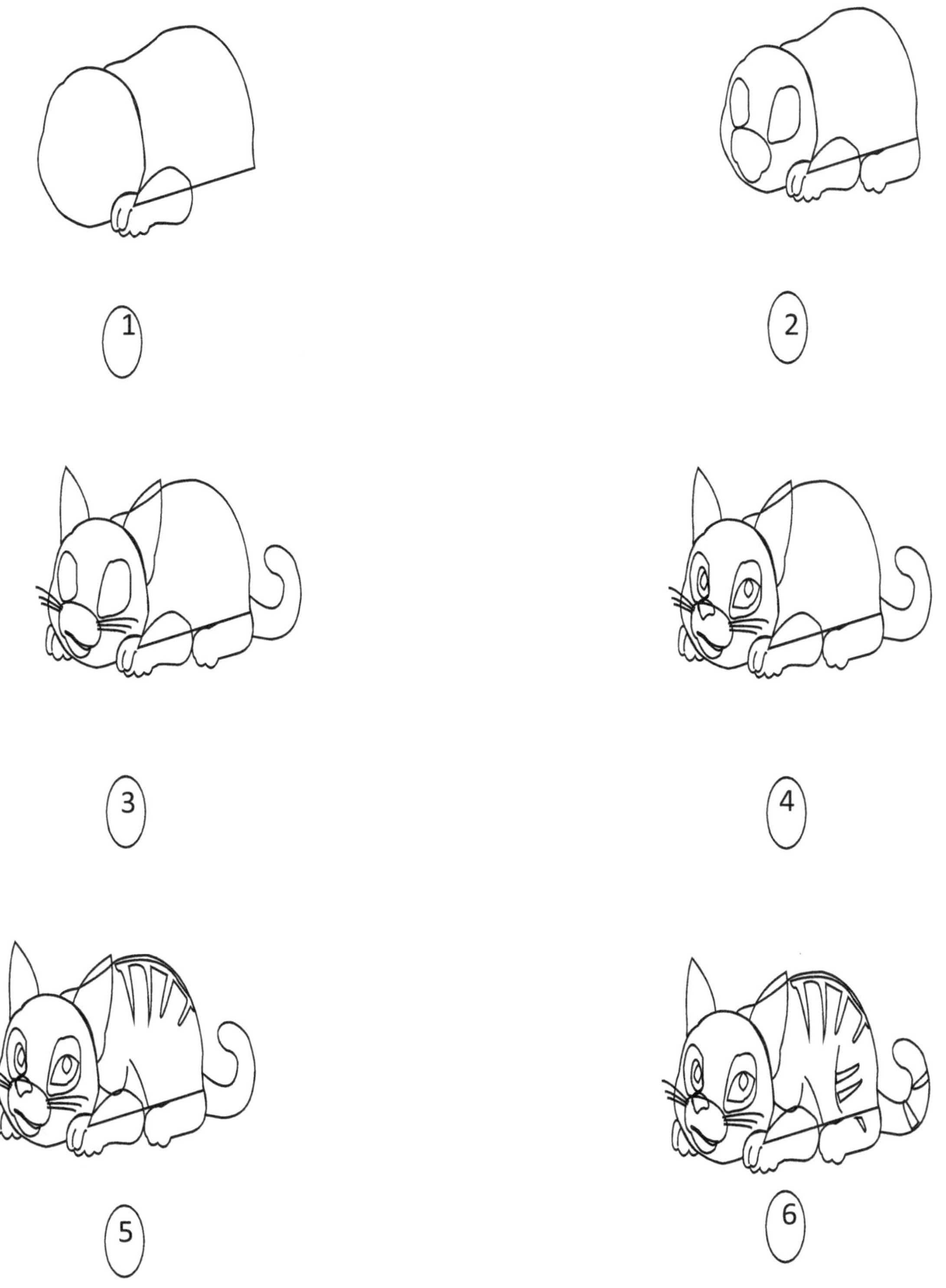

1
2
3
4
5
6

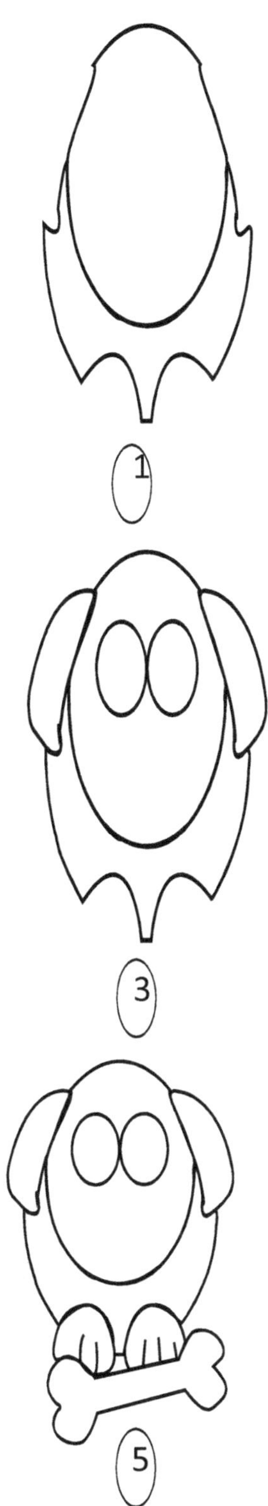

1
3
5

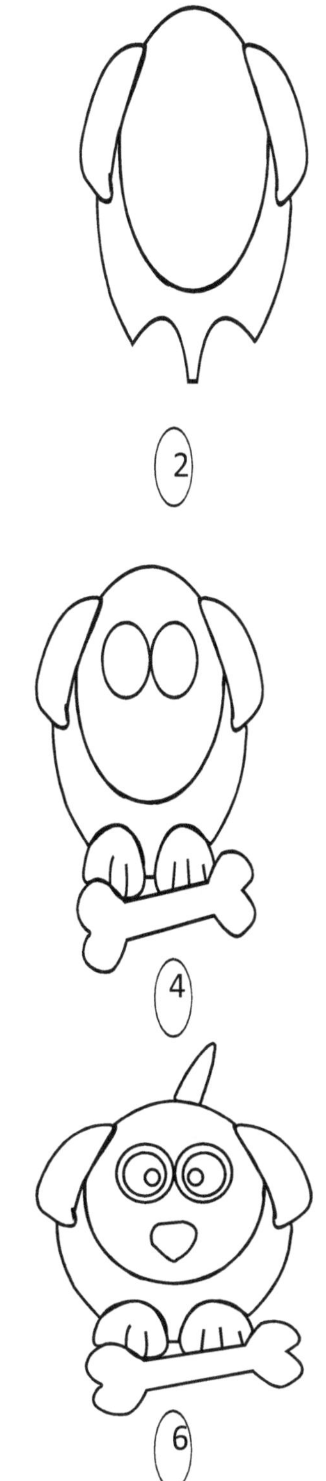

2
4
6

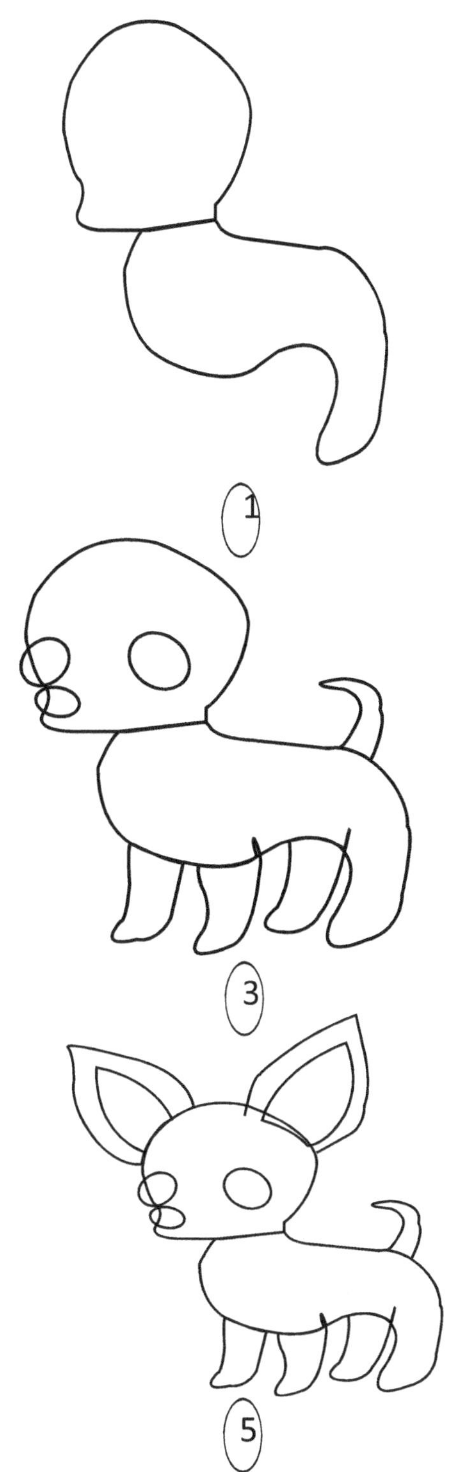
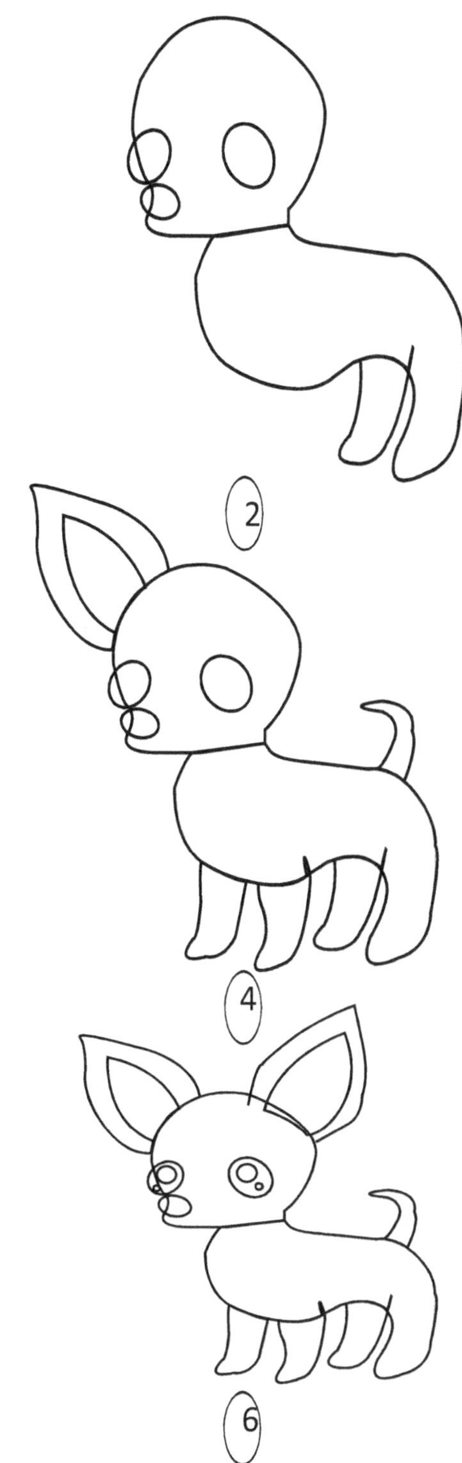

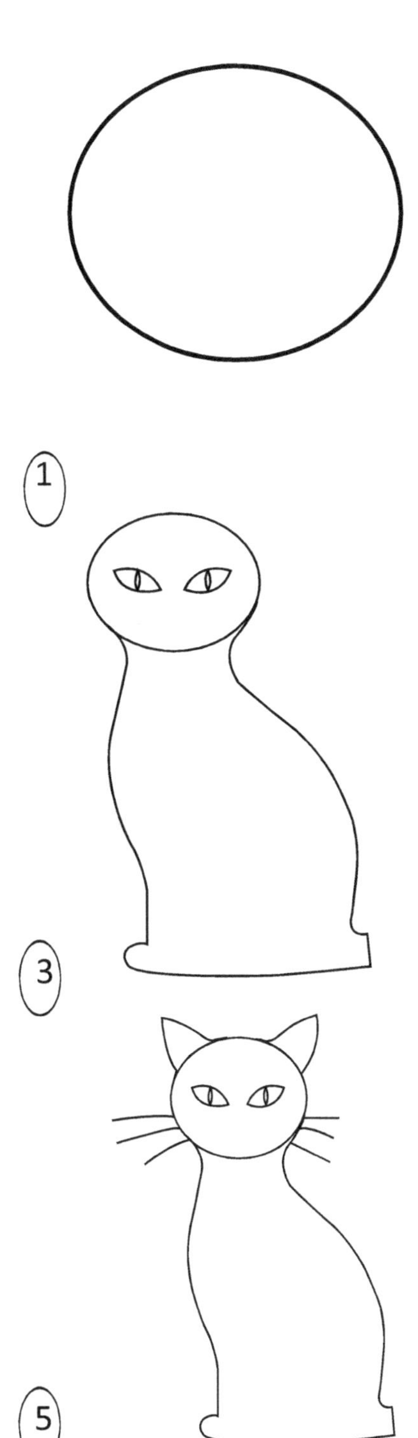

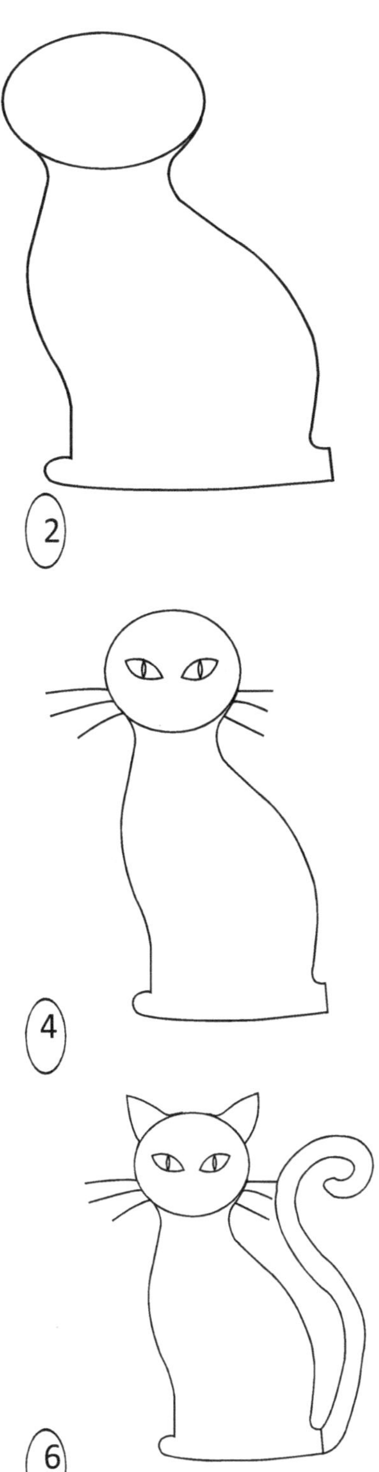

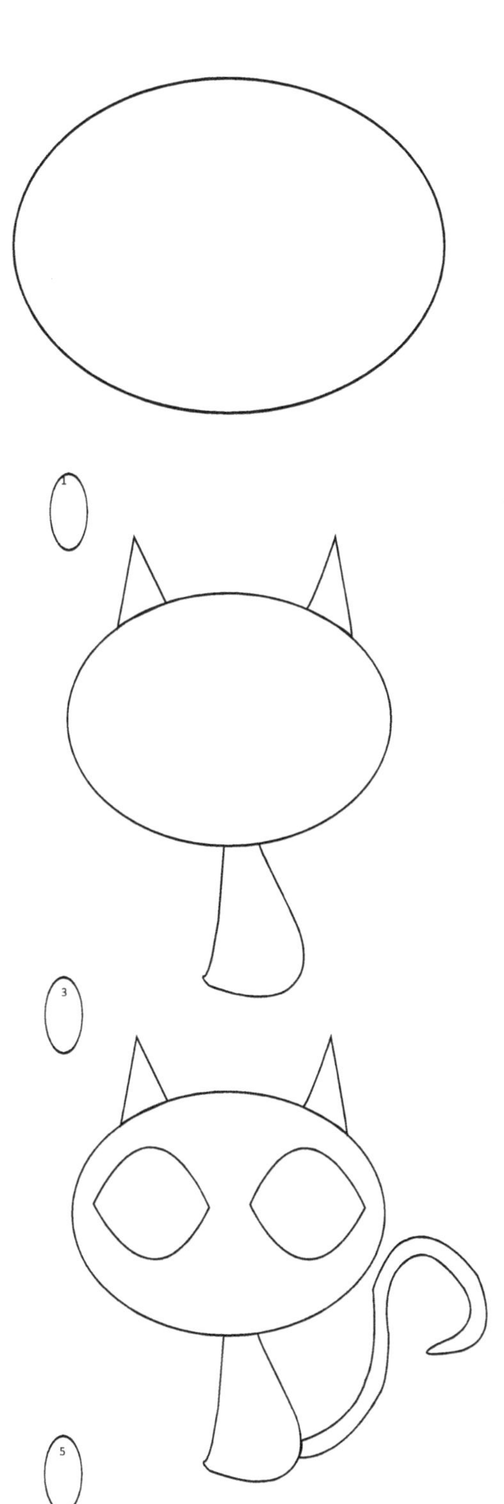
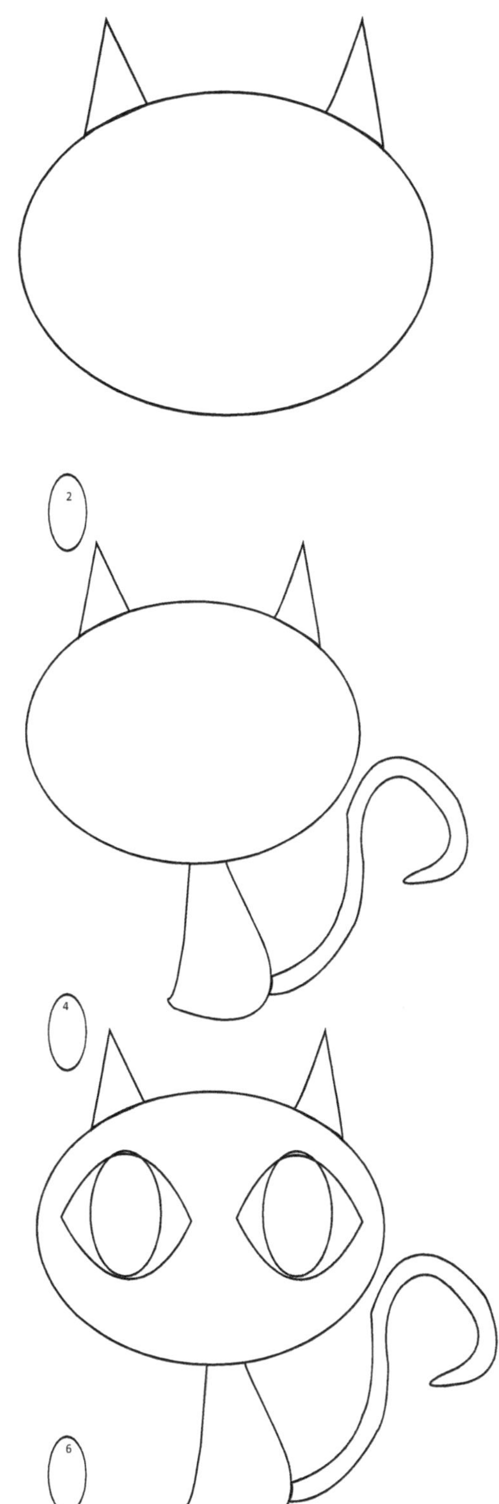

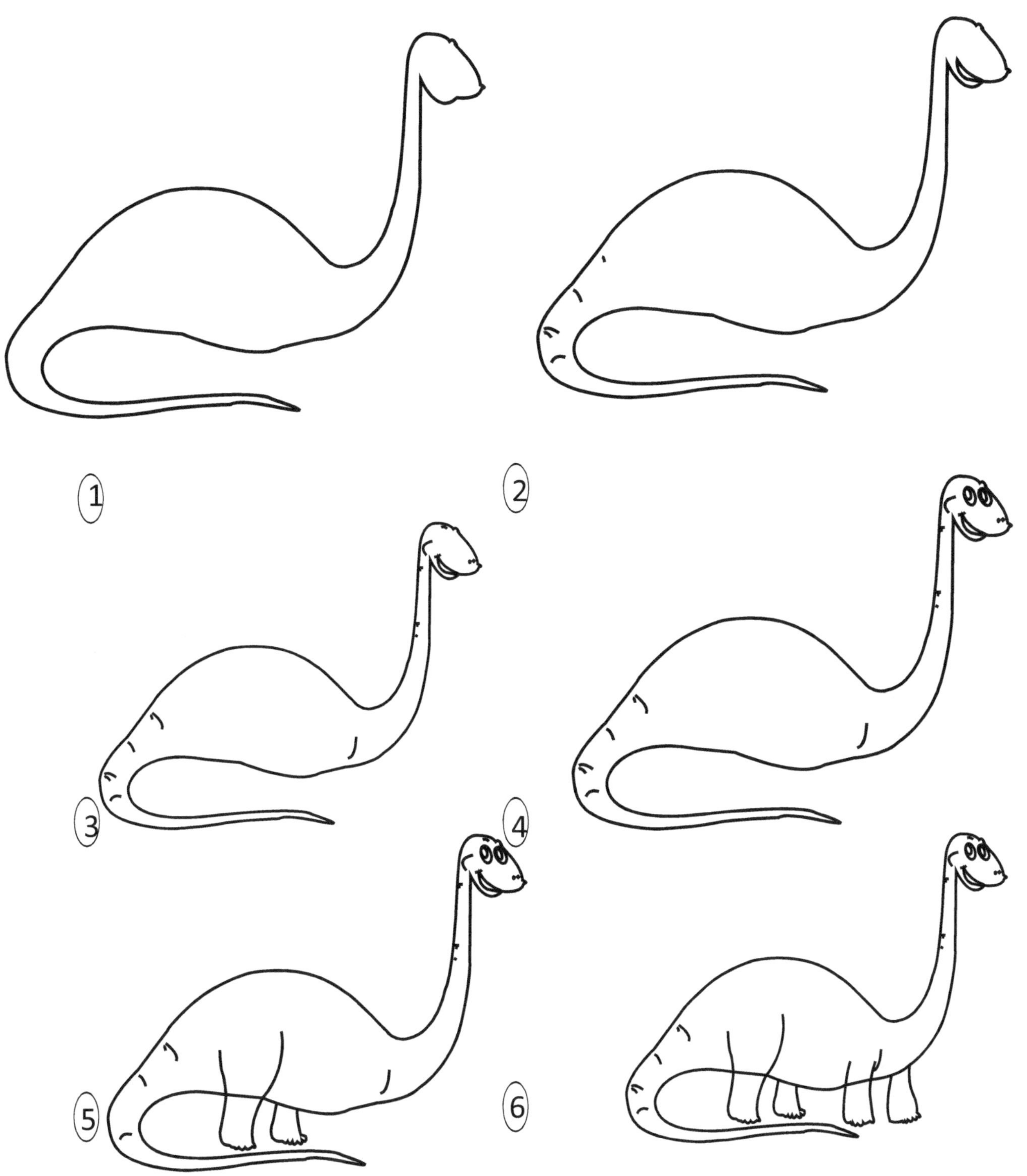


1
2
3
4
5
6

www.ingramcontent.com/pod-product-compliance
Lightning Source LLC
Chambersburg PA
CBHW081409130726
47998CB00011B/3128